رواية

مؤلفان

في الحب

د. جُمان الريحاني

إهداء..

إهداء إلى كل مؤلف وقع في الحب سواء على الورق أو في الواقع

إهداء إلى كل قلب نبض يوما بالحب

إهداء إلى روح الحب وروح التأليف والكتابة

إهداء إلى الحب الموجود في عالمنا في كل العوالم الأخرى التي

نعرف عنها بعض الأمور والتي لا نعرف عنها شيئا

جمان الريحاني

المؤلف ألفين آرثر

إلفين آرثر هو شاب من ايطاليا، ولكنه بريطاني يعيش في ايطاليا ينشر كتبه باسم مختصر بحرفين ولا يظهر اسمه بالكامل، كتاباته رائعة إلا انه لا يضع اسمه الكامل عليها.

المؤلف آرثر لا يكاد يخرج من بيته الذي كان شبيها بالقصر، بل كان قصرا قديما لا يكاد يصلح للعيش فيه من الداخل، ولكنه يأخذ العقول من الخارج.

إنه قصر قديم في مكان هادئ، ومليء بالنباتات والشجار والجو ماطر أحيانا في مدينة في فرجينيا.

يقضي كل وقته بالداخل لديه إطلالة رائعة على بحيرة من الجانب الشرقي، ولديه حديقة مذهلة في الخلف وحديقة صغيرة من الأمام، ويطل على جبل من الجانب الغربي.

لقد كان قصرا رائعا قديما وكبيرا، فيه قبو وطابقين مع عليه لها طابق أخر كأنه برج صغير.

القصر او البيت كما يقول عنه آرثر به ستة غرف نوم وصالون كبير وشرفة وحمامان بالطابق العلوي.

وصالونان بالطابق السفلي وحمامان أيضا، ومكتبة ومكتب ومطبخ شبه خارجي يطل على الحديقة الأمامي وله باب خاص.

القصر كان عالي السقف كثيرا، ومبني بالحجارة القديمة والطوب.

لقد كان بيتا أثريا رائعا وبالقرب منه شجرة تحب العصافير الجلوس على أغصانها للزقزقة كل صباح، فتؤدي تلك العصافير الوفية سيمفونية جميلة كل صباح تطرب آرثر الذي يستيقظ قبلها أحيانا وتوقظه هي أحيانا، لقد كان يحب تلك العصافير ويحب تلك الشجرة، بل كان يحب كل المنطقة وقصره أيضا.

لقد كان آرثر معجب ببيته الذي اختاره بعناية لأنه ما كان ليسكن في المدن المكتظة والصاخبة، ولم يكن ليحب أصوات وسائل النقل ولا حتى الهواء الملوث جراء المصانع وغيرها.

لقد كان آرثر من ناحية البيت الذي يجب أن يسكنه متطلبا جدا، ولكن الظروف المحيطة به كانت تساعده على الكتابة وتعطيه الإلهام.

كما انه لم يكن اجتماعيا كثيرا ولا يحب المواعدة ولا السهرات والرقص في المراقص، بل لم يكن يفضل أن

يقضي الوقت خارجا وخاصة بالليلة، لأنه كان يقول بأن الليل سكون وأنا أحب الأمور على طبيعتها، فأحب إن أعيش سكون الليل بدل أن أغير طبيعته إلى صخب ورقص.

كان هناك صبي اسمه الفريد والذي كان يعمل في محل للأغذية للبقالة، وهذا الولد كان يحضر البقالة إلى المؤلف كل أسبوع أو أسبوعين، وأحيانا كل شهر لأن المؤلف هو من كان يحدد الأغراض وموعد تسليمها.

المؤلفة كرستينا

كرستينا هي مؤلفة أمريكية، تعيش في كاليفورنيا ولها جدة يونانية.

تنشر كريستينا كتبا باسم مستعار، فهي في الحقيقة تعمل ممرضة ولكنها تستعمل اسما مستعارا في نشر كتبها وذلك لسبب ما يعود إليها.

تعمل في مجال التمريض ولا تخبر أحدا بأنها كاتبة، فعملها في المستشفى مستقر وهي معجبة به لأنها تحب

خدمة الناس والمساعدة التي تقدمها للآخرين تجعلها تشعر بالسعادة.

عملها يعتبر تطوعي بعض الشيء فهي تعمل لساعات خفيفة، وتعمل لمدة شهر ثم تتوقف عن لعمل لمدة شهر وهذا من أجل عملها الثاني أو بالأحرى الأول ككاتبة.

في يوم من الأيام تلقى ألفين دعوة من لحضور
حفل زفاف لأحد أصدقائه الذين كانوا قليلين، والزفاف
كان في ولاية نيومكسيكو

في البداية أراد أن يعتذر، ولكنه وبعد مرور أيام وقبل
أن يعتذر عن الحضور سمع بخبر وفاة أحد أقاربه،
فكان واجب عليه أن يسافر.

فقرر أن يقضي يومان في نيومكسيكو لحضور الزفاف، وفي اليوم التالي سوف يسافر باتجاه ولاية كنساس والضبط في مدينة توبيكا لكي يحضر مراسيم الدفن لجنازة القريب والتي تقام في تلك الولاية حيث كان يقيم.

لقد كان ألفين يشعر بمشاعر مختلفة ومختلطة.

فهو في البداية لم يكن يريد المشاركة في ذلك الزفاف، وهو لم يكن يحضر حفلات كثيرة، ولم ير صديقه منذ ثماني سنوات.

كما أنه لم يعتقد بأن من طلب حضروه للجنازة، ذلك القريب البعيد الذي توفي لازال حيا لم يكن على علاقة بها أبدا، ولكنه تفاجأ بطلب حضور الجنازة الذي تركه المتوفى لقد كان أحد أقارب والده، الذي كان يحمل الجنسية الأمريكية وعاش كل حياته في أمريكا.

لم يكن له به علاقة، ولكنه قرر أن يعرف لما طلب هذا القريب حضور جنازته، وما السبب وراء ذلك.

كان وبدون تردد يريد أن يحقق أمنية شخص متوفى، الأمنية الأخيرة لشخص لا يعرفه حق المعرفة، الشخص الذي أخصه برسالة ودعوة لحضور الجنازة.

في الرسالة الكلمات التالية:

عزيزي ألفين..

أنا أعرفك أكثر مما أنت تعرفني..

بل ربما أنت لا تعرفني أو ربما تعرف اسمي، ولكن بالنسبة لي أنا اعرف عنك الكثير.

عزيزي إلفين أعرف أنك كاتب موهوب وتحب عالم الكتابة المليء بالتشويق والمغامرة، لذا أنا وفرت لك هذه المغامرة البسيطة.

عزيزي إلفين..

هنا في كنساس لدي منجم صغير، وقد وضعت بداخله متاهة صغيرة سوف تحبها، وفيها رسالة أخرى لك فان وجدت الرسالة أصبح المنجم بكامله لك.

يجب أن تبحث لوحدك فالكنوز يجب أن يعثر عليها بحب المهنة، إن أحببت البحث سوف تجد مرادك.

ويجب أن تقرأ الرسالة التي سوف تقودك إلى كنز آخر، كنز سوف يقودك إلى كنز ثالث، وهو الأغلى على قلبي.

كان مع الرسالة الأولى خريطة تشبه خريطة الكنز لكي يدخل إلى المنجم، ويبحث عن الرسالة.

لقد تركت لك يا ألفين العزيز شيئا، إن أردت خوض التجربة، فيجب عليك خوضها بالكامل، وأن لم ترد فعل ذلك عليك الانسحاب منذ البداية.

هذا هو الاتفاق..

إما المواصلة أو الاستسلام

قرر بسرعة، لأنه لديك سرعة البديهة

وقبل أن يغادر المحامي أخبره برأيك

حظًا موفق وشكرا مقدما، إذا كنت قد قررت خوض التجربة وإسعاد قلب رجل رحل عن الحياة.

السيد سيدريك

الخريطة:

تمشي أربعون مترا وتنحرف إلى اليسار تدخل من ذلك الباب، وتمشي أربعون مترا أخرى وتنحرف إلى اليمين، يوجد مكان صغير تحاول الدخول وتزحف أربعون مترا، تخرج في مكان يشبه الغرفة، تحفر أربعة أمتار تحت الإشارة إكس

كل ما في الصندوق هو لك

وعندما تفتحه لا تتفاجأ كثيرا

واتبع الرسالة التالية..

رحلة البحث عن الكنز

الرسالة كانت في مغلف به، ورقة ومفتاح يشبه إلى حد كبير مفتاح السيارة.

أخذ الفين الذي وجد في الصندوق مالا كثيرا ذهبا بشكل سبائك، وطلب من إلفين أن يتبرع بجزء منها إلى جمعيات خيرية باسمه واسم إلفين.

عندما تبرع بالجزء المخصص للجمعية الخيرية، أعطاه المحامي الرسالة التي يجب أن يقرأها، وهو لم يكن يعرف بأن الطريق مازال طويلا.

كان من المفروض أن يجد هذه الرسالة داخل الصندوق، ولكن كان على قريبه أن يتأكد من أنه سوف يتبرع بذلك الجزء وجزاء على فعله ذلك حصل على الرسالة التالية.

أما بالنسبة للمفتاح، فقد أخبره المحامي بأن قريبه قد ترك له سيارة وقال له:

لقد ترك لك السيدة سيارة، وهذا هو مفتاحها.

ولكن ليس فقط سيارة، بل ترك لك مرآبا مليئًا بالسيارات

لقد كان يحب السيارات ويشتريه وأراد أن يتركها لشخص يثق به.

ألفين:

كان يثق بي؟

ولكنه لم يكن على معرفة بي، اقصد لم تكن بيننا أية معرفة شخصية.

المحامي:

نعم.. لقد كان السيد يثق بك، وقد ترك لك كل ما كان يعتبرها كنوزا، لقد قال بأنه سوف يترك لك كنوزه.

ألفين:

كنوزه..؟

المحامي:

أجل.. لقد كان يعتبر ممتلكاته، وخاصة الخاصة منها على أنها كنوز، لأنها قد اختارها بعناية وقد أحبّها أيضا.

ومن بين كنوزه السيارات التي تركها، وهذه المفتاح هو لأكثر سيارة يحبها.

ألفين:

سيارات وسيارة وما عساي أفعل بهم؟

المحامي:

لقد كان يعلم بأنك سوف تطرح هذا السؤال؟

ألفين:

حقا..؟

المحامي:

أجل..، وقد طلب منك طلبا خاصا.

ألفين:

وما هو؟

المحامي:

لقد طلب منك أن تستعمل السيارة التي في يدك مفتاحها
لكي تسافر إلى وجهتك القادمة؟

ألفين:

إلى أين..؟

المحامي:

إلى المكان الذي سوف تجد فيه الكنز الثاني.

في الرسالة وجهتك القادمة، والتي كانت فرجينيا.

مغامرة وكنز

كان على ألفين أن يقطع مسافة ثلاثة وأربعون كيلومترا بالسيارة التي اختارها له قريبه السيد سيدريك وذلك انطلاقا من مدينة توبيكا ووصولا إلى مدينة لورانس

قاد سيارته دون أن يعلم أين يجب أن يذهب التفصيل، ولكن المحامي كان يتابعه ويرافقه بالهاتف.

عندما وصل ألفين إلى مدينة لورانس، كان عليه مواصلة الطريق إلى قرية صغيرة

وعندما وصل وجد بأن القريب قد طلب منه التوجه إلى شقة كان يمتلكها وهي على نهر ميريماك

لم تكن شقة بالمعنى الذي يعني الكثير من الطوابق، والكثير من الشقق فوق بعضها، بل كانت بيتا جميلا من طابقين في كل طابق شقة.

فكان من نصيبه الشقة التي بالأسفل، لكي يعيش فيها حتى يكتشف الكنزين التاليين.

في اليوم الذي وصل فيه ألفين إلى فرجينيا كان يوم الجمعة، وعندما دخل إلى البيت، وجد بأنه لا أحد هناك إلا هو.

البيت كان دافئا وبه الكثير من الذكريات التي تخص العم القريب سيدريك.

لقد طلب منه القريب أن يحاول أن يكتشف الكنز الثاني، هذه المرة بطريقته ولم يترك له خريطة معينة، بل طلب منه أن يبحث في الشقة ربما يجد شيئا.

بحث ألفين في كل أرجاء تلك الشقة، ولم يجد شيئا معينا مثلا لم يجد رسالة أو خريطة كنز.

وجد صندوق ذكريات مليئا بالصور، ومذكرة فيها بعض الملاحظات ولا شيء آخر.

وكان في الشقة بعض الصور للسيد سيدريك

لم يكن يعرفه معرفة خاصة، وبعد قضاء ليلة في اليوم الموالي اكتشف أنه يوجد ركن قراءة فيه عدد من الروايات الغريب في الأمر أن بعض الروايات كانت له هو نفسه، وهذا دل على أن السيد كان يراقب مؤلفاته ويشتريها لقد كان أحد قراءه.

بدأ ألفين يتعرف على شخصية ذلك الرجل من خلال الصور، وما وجده في البيت وفي اليوم الموالي طرق بابه السيد سيدريك.

أخبره بأن القريب قد قام بتأجير الشقة العلوية لشركة ما، وسوف يلتحق القاطن الجديد اليوم بالمكان.

عندما سأله ألفين عن مدة ذلك العقد، أخبره بأنّه لا يعلم

اتصل ألفين بالمحامي وقال له:

سيدي.. رجاء.. أريد أن أسألك شيئا..

المحامي:

تفضل..، وما هو؟

ألفين:

أريد أن أعرف ما هي مدة العقد، وكم سأبقى هنا؟

كم هي المدة بالتحديد؟

المحامي:

لا استطيع أن أخبرك بهذا

ولكن.. أظن بأن المدة ليست طويلة

وأظن أيضا أنك سوف تتأقلم مع الوضع قريبا

فلا تقلق..

ألفين:

إن كلامك غريب عجيب

المحامي:

اسمعني يا ألفين أن استمتع بهذا

ألفين:

هل تظن بأنني قد استمتع بالقدر الذي تستمتع به أنت؟

المحامي:

بل أكثر.. صدقني..، إن في الأمر الكثير من المفاجآت وقد كان السيد سيدريك متأكد من أنك سوف توافق، وسوف تتتبع التجربة إلى الأخر.

وأيضا كان يعلم بأنك سوف تستمتع مثلما كان هو يستمتع برسم الخريطة، وكتابة الرسائل من أجلك.

ألفين:

أرجو ذلك..

المحامي:

استمتع يا ألفين بوقتك ولا تفكر كثيرا، سوف تصل إلى النقطة الأخيرة، وسوف تكون ممتنا.

ألفين:

أمل ذلك..

المستأجر الجديد

في منتصف النهار توقفت سيارة أجرة أمام المبنى، ونزلت منها فتاة جميلة، وتحمل معها حقيبة كبيرة، وحقيبة صغيرة وحقيبة يدها، وتوجهت إلى المبنى الذي فيه فيه الفين، الذي كان يراقب من النافذة.

أعتقد بأنها هي المستأجر الجديد، وعندما فتح لها الباب قالت بأن شركة تعمل بها هي التي استأجرت المكان، ولم تفصح عن التفاصيل.

لقد كانت كتومة لدرجة جعلت ألفين لا يستلطفها، بل ندم على استقبالها بترحيب أمام الباب، أعطاها مفتاح الشقة، وقرر البقاء جانبا.

حيث دار بينهما حوار كان تقريبا صامتا من جهة المستأجرة الجديدة.

ألفين:

مرحبا..، أهلا وسهلا..، تفضلي..

المستأجرة:

أهلا.. أهلا.. مرحبا..

ألفين:

مرحبا بك.. أنا ألفين وأنت المستأجرة الجديدة بلا شك، لقد كنت أظن أنك رجل.

المستأجرة:

هل يظهر من شكلي أنني رجل؟

المستأجرة: (وهي تضع نظارات على عينيها، ولا تنظر إليه، بل مشغولة بسحب حقيبتها)

وهل ترى بأنني رجل؟

غريب..

ألفين:

أنا أسف.. لم أقصد

المستأجرة:

هل أنت صاحب البيت؟

ألفين:

لا.. أنا هناك مثلك وأنا في الشقة في الطابق الأسفل.

المستأجرة:

إذن.. دعنا لا نكثر الكلام أريد الصعود إلى شقتي، رجاء..

ألفين:

حسنا.. أنا أسف.. لن أقف في طريقك

المستأجرة:

حسنا.. هذا أفضل..

عندما اكتشفت بأنه ليس المالك، فضلت أن لا تحتك به كثيرا.

شروط التأليف

كانت جَني قد قدمت طلبا لكي تلتحق بالمشفى القريب من هذا البيت الذي تم تأجيره لها من طرف دار نشر، تعاقدت معها لأجل كتابة مؤلف جديد، ولكن وفق شروط لدار النشر كأنها شروط غريبة، ولكن جَني قد تم إغراؤها بالمبلغ الذي سوف تتقاضاه، ولن الشروط لم تكن مضرة فقد وافقت.

لقد تلقت جَني عرضا لكتابة كتاب وفق شروط دار النشر، التي يبدو انهمك انو على اطلاع على أعمالها.

طلبت منها مدير دار النشر أن تجتمع معها، لكي تكلّمها في التفاصيل.

طلبت منها أن توقع عقدا بمبلغ كبير، مقابل كتابة هذا الكتاب.

ينص العقد على أن تتفرغ جَني لكتابة هذا الكتاب، وذلك بأن تعيش في بيت تؤجره لها دار النشر في طرف آخر من المدينة التي كانت تعيش فيها.

لكي تصبح في بيئة أخرى مختلفة، ولكن ليس كثيرا عن حياتها السابقة.

أن تعيش بالقرب من مقهى ومشفى، ولا مانع من مزاولتها التمريض، كما تحب ولكن ليس بالقدر الذي تعودت عليه في السابق، لأن الكتاب يتطلب التركيز.

لقد كانت هناك بعض النقاط التي أرادها الناشر في الكتاب، فقد أعطى لها بعض النقاط التي يفضلها.

مثلا.. أرادها أن تختار نموذجا من الناس لكي تتبعه بخطواتها، فهو كتاب واقعي.

واختار أن يكون النموذج رجلا.

أعزبا وليس شاذا، له عمل، بيت وحياة.

يفوق عمره السادسة والثلاثين، وقد كانت هي في الخامسة والثلاثين، ولكن لا علاقة لعمرها بالأمر.

وأن تكتشف سرّ غموضه وسبب فشل علاقاته العاطفية ولما لازال أعزبا

لقد كان طلب الناشر أن تدرس حالة بشكل حقيقي وواقعي، دون أن تتورط مع الأشخاص في مشاكل، ودون أن تذكر أسماء الشخصيات.

حالات ودراسة

قررت جَني أن تقوم بعملية البحث وذلك في المقاهي القريبة منها، والمشفى والعاملين فيه وكل من قد تصادفه حتى تجد النموذج الذي تبحثه عنه، وفي تلك الحالة يجب أن تتعرف عليه بشكل شخصي، لكي تتمكن من معرفة أسراره.

بعد أن استقرت جَني في الشقة، بدأت رحلة بحثها التي كانت تعلم بأنها لن تكون سهلة، ولكن كونها عزباء سوف يساعدها بالتأكيد فربما تواعد شخصا أو أكثر

لكي تتحصل على نموذج لعملها، وقد كانت سوف تقوم بذلك للتحصل على ذلك المبلغ المغري، ولم تكن لتتورط في علاقة مع أحد، كانت سوف تكون واضحة في أنها لا تريد الارتباط، بل تريد محاولة الخروج سويا.

لم تكن نوايا جَني جيّدة تجاه الرجال الذين سوف تواعدهم، ولكنها قررت فعل ذلك بأيّ حال، وكانت مقتنعة بأنّها لا تؤذي أحدا.

بدأت رحلتها للبحث عن رجل أعزب في تلك المدينة، ذهبت إلى المقهى، وقد كان هناك شاب وسيم يعمل هناك، ولكن للأسف كان هناك خاتم في إصبعه.

التقت جَني شخصا بالشارع وأخبرها بأنه جارها وأراد أن يتعرف عليها، يبدو أنها لفتت انتباهه لكن التحقت به طفلة اتضح أنها ابنته، إنه أرمل منذ سنتين ولديه طفلة وطفل أصغر منها.

وبعد ذلك ذهبت إلى مطعم لكي تتناول طعام العشاء، ولكن الغرض الحقيقي لم يكن الطعام بل لكي ترى الناس هناك.

وجدت شابا تقدم منها، وأراد أن يجلس معها هذه المرة لم يكن معه أطفال ولا يلبس خاتما.

لقد رأت بأنه شاب مناسب ويمكنها أن تعتمد على اختيارها له، لقد كان يبدو ممتازا من ناحية الشكل والموصفات والسّن وأيضا لأنه يبدو أهزبا.

كان الشاب يبدو منفتحا، ويمكنها أن تستدرجه في الكلام بشكل سريع وجيد، كان يبدو مثل الكتاب المفتوح وهكذا لن يجعلها تعاني معه لكي تعرف منه المعلومات التي تريدها.

وكان أول سؤال لها تطرحه عليه:

هل أنت أعزب؟

فأجابها.. وقال:

نعم.. يمكنك قول ذلك

سألته هل لديك صديقة؟

فقال:

لا.. أبدا ليس لدي صديقة

جَني:

ولما..؟

الشاب:

إنه موضوع طويل وشائك

جَني:

أنا في الاستماع يمكنك أن تخبرني

الشاب:

هذا جيد لقد كنت في حاجة لشخص أدردش معه، أنت حقا لطيفة.

ولكن بعد أن تبادلت معه أطراف الحديث اتضح بأنه يخوض معركة لأجل الطلاق، وأراد أن ينفس عن نفسه، وهو أيضا يعتبر نفسه حرا طليقا كالعصفور في السماء، ومن حقه أن يتعرف على فتاة جميلة، ربما تصبح حبيبته أو ربما قد تتطور علاقتهما.

في هذا اليوم باءت كل محاولاتها بالفشل، لذا قررت العودة إلى البيت، لكي تأخذ قسطا من الراحة، لتعيد الكرة للبحث غدا.

في اليوم الموالي استيقظت باكرا فقررت أن تخرج للجري بالقرب من البيت، وقد كانت هناك حديقة ليس بعيدا عن البيت، وبينما هي تجري اشتمت رائحة طيّبة، لقد كانت مخبزة والرائحة منها، قررت أن تشتري بعض المخبوزات لكي تتناولها على الإفطار عند عودتها.

عندما دخلت المخبزة، وجدت رجلا كبيرا يبيع وقد رحب بها، ولكنه كان مشغولا لذا نادى ابنه لكي يساعدها.

كان ابنه شاب قوي طويل وسيم، وقد اشترت منه الخبز وقررت أن يكون نموذجها.

حساسية وفوبيا

عندما عادت إلى البيت وجدت بأن ذلك الرجل الذي يسكن في الشقة التي تحت شقتها، قد استلم كلبا، وأدخله البيت وعندما سألته عنه وقالت: (وهي في حالة هلع واستغراب)

يا إلهي.. كلب في البيت

ألفين:

إنه كلب، مجرّد كلب.

الفتاة:

لمن هذا الكلب؟

قال لها:

لما كل هذا الخوف؟

الفتاة:

لقد سألتك.. أخبرني.. رجاء.. بأن هذا الكلب ليس لك

ألفين:

إنه مثل كلبي، أي إنه كلب في رعايتي

الفتاة:

ولكن.. هذا غير معقول..

أرجوك.. تخلص منه فورا

ألفين:

ولما عساي أفعل ذلك؟

الفتاة:

لأنني.. لا أحب الكلاب، فأنا لدي فوبيا أي خوف من الكلاب

وطالما أنا هنا لا أريد هذا الكلب بالقرب مني

لقد جئت في عمل، وليس لكي يتم إزعاجي

ألفين: (وهو يضحك عليها)

أعتذر منك..

ولكن صدقيني إنه كلب أليف

الفتاة:

أنا لا أصدق ذلك

ولكن.. ذلك لا يهم

سواء كان أليفا أو شرسا لا أريده بالقرب مني

لقد حاول أن يقنعها، ولكنها لم تصدقه..

اتصلت بالشخص الذي أجر لها الشقة، وطلبت منه أن
يسوي الأمر، لقد أرادت الكلب بعيدا، فهي لا تطيق
تلك الفكرة بأن معها كلبا في نفس المبنى، هكذا هي لن
تشعر بالسلام، ولن تنعم لا بالراحة ولا بالنوم الكافي
من تلك المخاوف التي سوف تطاردها.

لقد طلبت من ذلك الرجل أن يتوصلوا لحل لهذه
المشكلة، ولكنهم لم يتوصلوا إذ لا يمكن إرغامه على
التخلي عن الكلب، وهي لا يمكنها مغادرة الشقة لذا
تمت التسوية أن يبقى الكلب بعيدا منها.

قررت جَني أن تحاول الذهاب إلى المخبزة مرة
أخرى، لكي ترى ذلك الشاب الذي توصلت إلى أنه
ليس من تلك المنطقة وقد جاء لزيارة والده لبضعة

أيام، وهو من نيويورك كان يعيش مع والدته فخاب
أملها.

بداية الحب

بدأت رحلتها من جديد للبحث فوجدت رجلا يعمل بالمكتبة، وقد كان كبيرا اكبر من 40 عاما، ولكنّه مناسب لأنه لا يبدو متزوجا، فقررت أن تتخذه نموذجا، ولكنها اكتشفت فيما بعد بأن له ميولا جنسية مختلفة.

لقد تفاجأت جَني بألفين في المكتبة، وقد كان منهمكا يقرأ الكتب، وكأنّه يجري بحثا.

كما أنها رأته في الحديقة، ولكن من بعيد عندما كانت تمارس الرياضة.

لقد لاحظت جَني بأنها تراه في أماكن كثيرة، ولكنها لم تكن تراه، بل كان يسبب لها انزعاجا، ولكن في هذه المرة وبعد أن تعبت كثيرا لاحظت وجوده هناك.

إنه يبدو مناسبا يبدو عازبا، وسنه مناسب يبدو نموذجا جيدا.

اتصلت جَني بالناشر وأخبرته بمشكلتها العويصة، وبأنّه لا يوجد نموذج هنا مثلما طلب منها، وقالت له:

سيدي.. لدي تعديل على الشروط التي وضعتها

الناشر:

ولما عساك تفعلين ذلك؟

جَني:

سيدي إنه تغيير بسيط

الناشر:

وبما يتعلق؟

جَني:

يتعلق بالشخصية التي سوف أدرسها وأجري عليها تجارب، والتي سوف أتناولها في الكتاب.

عن الشخصية الرئيسية سيدي..

الناشر:

ولكن.. لما قد تفعلين شيئا مثل هذا؟

إلا الشخصية الرئيسية، لا أريدك أن تقتربي منها أو تغيري فيها شيئا.

جَني:

سيدي أنت فهمتني بشكل خاطئ.

أنا لن أغير شيئا في الشخصية.

الناشر:

ماذا إذن؟

جَني:

سيدي بعد أن قضيت بعض الوقت هنا، ودرست المنطقة والناس وبحثت كثيرا عن النموذج الذي يجب أن أطبق عليه الدراسة، الشخص العازب الذي يليق بأن أدخل معه في علاقة، لكي أعرف مكنوناته، لم أجد الشخص المناسب هنا.

الناشر:

ولكن.. ماذا تقصدين؟

جَني:

سيدي لا يوجد شخص عازب بتلك المواصفات هنا، لذا فكرت في حل بديل؟

الناشر:

وما هو؟

جَني:

فكرت في أن أختار شخصا ليس من المنطقة ولكنه حاليا يقيم هنا

الناشر:

ومن هو؟

جَني:

إنه شخص قريب مني من حيث المسافة سيدي.. إنه نفس الشخص الذي أعيش معه في نفس المكان، نحن نعيش في بيت واحد، وأرى بأنه شخص مناسب جدا.

الناشر:

هل ترين بأنه الشخص المناسب من بين كل أهل المنطقة

جَنّي:

أجل سيدي من ناحية السّن وإنه عازب ربما، ولكن من باقي النواحي أنا لا استلطفه أبدا.

ولولا أنني مضطرة لكي أتعامل معه من أجل العمل، فأنا أفضل أن أبقى بعيدة عنه ابعد مسافة ممكنة.

الناشر:

ألا يعجبك..، وكيف ستتعاملين معه إذن؟

جَني:

أجل.. سيدي أنا لا أستلطفه، فهو ليس ودودا، ولا يجيد التعامل مع الناس، ولكنني مضطرة إلى التعامل معه،

لأنني أرى بأنه مناسب جدا، وقد راقبته قبل أن اطرح عليك الموضوع.

الناشر:

أظن أنه شخصية معقدة، ولكن أمره مثير ومشوق.

جَني:

أجل..، إنه كذلك.

الناشر:

حسنا.. إن كنت ترين ذلك فباشري عملك فورا

جّني:

شكرا سيدي..

الناشر:

أتمنى لك التوفيق.

وأنا في انتظار ما ستقومين بانجازه.

جَنّي:

حسنا سيدي.. أظن أن الأمر سوف ينال إعجابك

لدي إحساس بذلك.

لقد وافق الناشر على كل طلباتها، ولكنه طالبها ببعض الصفحات لأنها استغرقت وقتا طويلا دون أية نتيجة.

أما بالنسبة لألفين فقد كان يبحث بكل شغف عن الكنز، وعندما لم يجد نتيجة هو الآخر قرر أن يعود للكتابة، وأن يكتب ما فعله هذا القريب معه.

بدأ الكتابة وبدون أن يخطط للأمر، فهو فجأة وجد بأنه بحاجة للكتابة، كما انه قد شعر بأن التجربة التي يمر بها، وكل تلك الأحداث عي آمر شيق للغاية.

كتب كل تلك التفاصيل التي حدثت معه وهو يختبئ ولا يريد أن يكتشف أحد المتطفلين أنه كاتب، كان يكتب ليلا أكثر شيء، وأحيانا في الصباح الباكر.

لم تكل هي عاداته في الكتابة، بل عادة جديدة اعتمد عليها لكي لا يتم كشف أمره.

أما بالنسبة له فقد كان يختار الأوقات الهادئة، والتي يشعر فيها بأنه يريد أن يكتب.

كانت جَني تخرج باكرا للبحث، وأحيانا تعود متأخر وهذا ما لم يجعلها تلاحظ ما يفعله ألفين، ولكن عندما قررت أن تتبعه بدأت تلاحظ بأنه يكتب شيئا ما ليلا وصباحا.

لقد ندمت لأن علاقتها به تصادمات كثيرة، ولم يكن بمن السهل أن تتقرب إليه بعد أن كانت تصده كثيرا.

ولكي تجعله نموذجا كان يجب عليها أن تقوم بإصلاح علاقتها به في البداية، وهذا ما جعلها تحاول أن تكلمه بلطف كلما التقت به، بل وأصبحت تفتعل الصدف لكي تلتقي به.

كما أنها قررت أن تجعله يشاركها الطعام لذا قامت بطهو وجبة لذيذة، وقامت بدعوته لتناول الطعام، وأخبرته بأنها تريد أن تكون بينهما بداية جديدة.

اعتذرت على وقاحته وسوء أسلوبها معه وقالت:

أنا أعتذر على ما بدر مني سابقا..

ألفين:

لا بأس..

جَني:

فلنبدأ من جديد

أنا جني ونحن جيران، لما لا نصلح العلاقة بيننا؟

ضحك وقال:

أعتقد بأنه لا بأس بذلك

جَني:

ولكنني.. لازلت لا أحب وجود الكلاب بالقرب مني..

ألفين:

ماذا تعملين؟

جني:

أنا..

أنا ممرضة

ألفين:

لا يبدو من شكلك أنك ممرضة

جَني:

ولما؟

كيف يبدو شكلي؟

ألفين: (شعر بالإحراج)

لا أعلم إنها مجرد ملاحظة قلتها، ولست اقصد أي شي

جَني:

وما هو عملك أنت؟

ألفين:

أنا ..

أنا باحث

جَني:

وما الذي تبحث عنه؟

ألفين:

أنا أبحث عن كنز، أنا أنقّب عن الكنوز.

وضحكك.. وكأنه لا يريد أن يقول الحقيقة

فقالت جَني:

وأنا أيضا الآن في رحلة بحث

ألفين:

أحقا؟

وعما تبحثين؟

جَني:

عندما أجده سوف أخبرك

ألفين:

على الأقل أخبريني عن طبيعة الشيء الذي تبحثين عنه

هل هو شخص؟

جَني:

لا استطيع أن أخبرك بالتفاصيل إنه عمل سرّي.

ألفين:

حسنا..

أنت الآن جعلتني اشعر بالفضول

جَني:

ولكن.. أنت لم تخبرني

هل أنت متزوج خاطب أو لديك حبيبة؟

ألفين:

واو.. متزوج.. خاطب.. حبيبة!؟

هذا سؤال صريح وقوي

جَني:

هل يزعجك السؤال؟

ألفين:

لا ..

ولكن في الحقيقة أزعجني إنك قد غيرت الموضوع

جَني:

أنا لم أغيره

ألفين:

ماذا تقصدين؟

جَني:

أقصد أنا فقط أجعل الحوار شيّق

ألفين:

هل تجدين بأن موضوع العلاقات هو أمر شيّق؟

جَني:

إنها جزء من حياتنا، ولا يمكننا أن ننكر ذلك

ألفين:

وماذا عنك إذن؟

جَني:

عندما تجبني على سؤالي، سوف أجيبك.

ألفين:

وإن لم أكن أريد ذلك

جَني:

احترم خصوصيتك

ألفين:

حسنا لن أجيب إذن

جَني:

هل أطرح سؤالا آخر؟

ألفين:

أجيبي عن السؤال أولا..

جَني:

أي سؤال؟

ألفين:

لقد سألتك وقلت لك ماذا عنك؟

جَني:

آه..

أنا لم أجد الشخص المناسب بعد

ألفين:

كيف تبحثين عنه، وكيف تعلمين بأن من أمامك ليس هو الشخص المناسب.

جَني:

أمامي..؟

ألفين:

أقصد من تتعرفين أو تدخلين معه في علاقة

جَني:

أوه..

حسنا.. الأمر سهل

هناك بعض الأمور التي لا أحبها في الرجل، وبعض الأمور التي أتمنى أن تتوفر فيه.

ألفين:

يبدو الأمر معقدا..

أنت امرأة متطلبة إذن..

جَني:

لا ليس كذلك ولكن إنها حياة وأريد أن أتشاركها مع شخص يجعلني أشعر بالراحة معه، وأيضا أريد أن نتشابه لكي يشعر هو أيضا بالراحة.

ألفين:

وما هي الأمور التي ترفضينها؟

إن لم يكن لديك مانع

جَني:

أنا لا أريد رجلا متحجرا..

سكير..

مقامر..

زير نساء..

لا يشعر المسؤولية..

ألفين:

واو مواصفات كثيرة..

هل تعلمين لم أكن انظر إلى الأمور مثلك

أنت حقا مثيرة للاهتمام

جَني:

سوف أعتبر هذا إطراء

ألفين:

وما هي الأمور التي تحلمين بها؟

جَني:

أريد شخصا شاعريا حساسا، ويشاركني عملي أو
هواياتي

ألفين:

هل تبحثين عن ممرض إذن

جَني:

لا ..

ألفين:

ألست ممرضة؟

جَني:

لا أقصد ليس بالضرورة، أن يكون ممرض

لقد كانت جني تقصد عملها الآخر الكتابة

ألفين:

وماذا أيضا..؟

جَني:

أبحث عن شخص ينتقي الكلمات، ويعرف كيف يزن كلامه

لا ادري.. ربما هو شخص خيالي..

وضحكت..

لقد أعجب بها الفين ولم يتوقع بأنه جميلة من الداخل، هكذا وفكرها يناسب طريقة تفكيره.

ألفين:

هل تسمحين لي بطرح سؤال؟

جَني:

لا..

ألفين:

لا ..؟

جَني:

أجل.. أجبني على سؤالي أولا لقد غيرت مجرى
الحديث لصالحك، ولم اشعر بذلك

يناسبك العمل كصحفي

ألفين:

وأنت سيناسبك العمل كقاصة لديك أسلوب رائع

جَني:

أحقا ..؟

لقد تفاجأت من الملاحظة التي أعطاها لها وهو حتى لا
يعلم بأنها كاتبة.

شعرت بالفخر

ألفين:

اطرحي سؤالك يا سيدتي..

جَني:

ولكن عدني أولا بأنك سوف تجيب

لن تمتنع عن الإجابة

ألفين:

أعدك..

جَني:

حسنا..

هل لديك أطفال؟ هل أنت مطلق؟ هل أنت أرمل؟

ألفين:

هذا سؤال مزدحم.

هذا ليس سؤالا إنه مجموعة أسئلة

جَني:

لقد وعدت بالإجابة

ألفين:

حسنا..

ليس لدي أطفال

لست مطلقا

ولست أرملا

جَني:

سؤال آخر..؟

ألفين:

أظن انك أنت من تجرين تقريرا صحفيا أو ربما أنت
شرطية.

هل أنا متورط في أمر ما؟

(ضحكت..) وقالت جَني:

لا.. طبعا لا..

ألفين:

اطرحي سؤالك أيتها السيدة

جَني:

لماذا لم تجبني عن سؤالي؟

ألفين:

ليس هناك سبب أنا فقط أردت أن أشاكسك

أنا أعزب تماما، وليس لدي وقت للعلاقات..

خاصة أن البنات هذه الفترة، لا يمتكلن الكثير من العقل

جَني:

ماذا تقصد..؟

ألفين:

أنا لست أحب الكلام الذي بدون فائدة

ولا أحب الخروج للسهر كثيرا

ولي أسلوب حياة خاص قليلا

وليس لدي وقت أضيعه في البحث عن فتاة نادرة بين مئات الفتيات، اللاتي أرى بأنهن لا ينتمين إلى عالمي الخاص

جَني:

حسنا .. فهمت ..

لقد أعجبت جني كثيرا بكلامه، وطريقة تفكيره
وأسلوبه في إجراء الحوار.

كما أنهما كانا متناغمين واسترسلا في الكلام وقضيا
وقتا ممتعا معا.

كما أنها كانت سعيدة أيضا، لأنها قد فرحت لأنه
أعزب، ليس ذلك لأنها تحبه لذاته أو رغبت في تطور
علاقتها به بل أنت سعيدة بعزوبيته لأنها رأت بأنّه
وهو الوحيد الذي يصلح أن يكون نموذجا لكتابها.

ولكنها ترددت قليلا لأنّها راب إنه رجل رائع ومحترم،
فهل هي تخدعه أن تعمقت في معرفته من أجل
مصلحتها من أجل الكتاب.

كانت في البداية تبحث عن رجل أعزب دون أن تشعر بأي ذنب بينما، هي الآن تشعر ببعض تأنيب الضمير تجاه ألفين بالذات، ولكنها رغم كل شيء كانت مضطرة للتقدم في خطتها، والتي هي التعرف عليه أكثر من أجل عملها.

لقد كان واجب عليها أن تفعل ما طلبته منها دار النشر، يجب أن تكتب وإلا فان عملها سوف يصبح في خطر، كما أنه كان هو الخيار الأخير المتاح أمامها.

حب وتعلق

لقد أصبحت جَني تقضي الكثير من الوقت مع ألفين، وهي في الحقيقة تسأله وتتعرف عليه من أجل كتابها الذي أصبح شبه جاهز وقد كان عنوانه "حياة عازب"

"عازب مناسب عن الزواج عازف"

ولكنها قد تعلقت به ولم تشأ أن يغضب منها أن هو عرف يوما بأنها تعرفت عليه لأجل كتاب.

بينما كان هو يبحث عن كنزه، لقد تعلق بها هو أيضا وأصبح يكتب عنها في كتاباته الليلية، ولكنه أيضا لم يذكر اسمها.

الحب والكنز.

حلم أقرب إلى الحقيقة.

انشغل ألفين عن الموضوع الرئيسي، وأصبح يحب قضاء الكثير من الوقت مع جَني، وهي أيضا كانت تبادله نفس الشعور.

لقد كانت تسأله أحيانا لفائدة كتابها وأحيانا تسأله لأجل مصلحتها، كانت حقا تريد أن تتعمق في العلاقة معه، أن تتعرف عليه من أجل نفسها.

كانت تشعر أيضا بأنّه يبادلها نفس الشعور، كما أنه لم يعد يبحث عن الكنز الذي جاء من أجله إلى هذا المكان

لقد أنهت جَني كتابها وكتبت في نهاية الكتاب بأنها في رحلة البحث عن نموذج لكتابها الذي هو ينقل حياة واقعية لأحد الرجال قد وقعت في حب ذلك الرجل الأعزب.

وسلمت الكتاب إلى دار النشر التي طلبت منها أن تبقى في ذلك البيت، حتى يتم إصدار الكتاب من أجل حفل التوقيع أو ما شابه.

لم تستفسر جَني كثيرا بل أعجبت بالفكرة أن تبقى بجانب ألفين مدة أطول، وقد كانت قد حزمت أمتعتها للمغادرة.

كان ألفين يكاد يقسم بأنه وقع في حب تلك الفتاة الغريبة، والتي أصبحت بالنسبة له قريبة جدا.

لم يستطع أن يخبرها عن مشاعره خوفا من أن لا يعجبها الأمر، رغم انه كان يبدو عليها أنها معجبة به.

ولكنه خاف من أن يزعجها، و يسبب لها أي ألم أو أذى أو ربما حتى أن يضايقها، فتقرر الرحيل بعد ذلك.

لقد اكتشف بأنه قد أكمل كتابة رواية رومانسية وكان هو بطلها، وقد كان يبحث عن كنز فوجد الحب بعد أن توقف عن البحث عنه.

وكتب في نهاية الكتاب، بأنّه قد وقع في حب ممرضة.

لم يذكر اسمها رغم أنه قد وصفها بشدة وذكر كل تفاصيلها، ولكن لم يكن لديه الشجاعة لكي يواجهها.

مؤلفان وقلبان

أرسل ألفين كتابه إلى دار النشر التي من الصدفة أن كانت هي نفسها دار النشر التي تعاقدت مع جَني.

صدفة ربما في رأي ألفين إن عرف الأمر أو ربما في نظر جَني، ولكن الأمر ليس كذلك ربما يكون من صنع القدر وربما بتدبير ما.

وعندما اكتشف صاحب دار النشر بأن المؤلفان قد وقعا في حب بعضهما أرسل المحامي إلى ألفين، في مسألة مهمة جدا ويجب أن يقوم بها بشكل رسمي.

لقد كان المحامي صديقا له، وكان هو الذي يقوم بتسيير دار النشر، فجلس معه ومع جَني واخبرهما بما يلي:

أريد أن أخبركما بشيء.

أنت يا ألفين تعرفني على أنني محامي صاحب هذا البيت.

كما أن علاقتنا كمحامي وموكل هي علاقة منذ فترة من الزمن، وبيننا معاملات وثقة متبادلة.

أليس كذلك ..؟

ألفين:

أجل .. ذلك صحيح

المحامي:

وأنت يا جَني تعرفينني على أنني من تعامل معك لتأجير هذا البيت أيضا.

أي أنني أعمل مع الشركة التي تعملين لديها

تفاجأ ألفين وقال لها:

ألست ممرضة؟

جَني:

بلى..، أنا ممرضة

المحامي:

لا تستعجل.. يا ألفين.

كلاكما سوف تعرفان الحقيقة كاملة، وأيضا كلاكما سوف تتفاجآ

نظر الاثنان إلى بعضهما البعض، وهما لا يفهمان ما يقوله المحامي.

فنظر إليهما المحامي وقال:

لدي سؤال لكما، وبعد أن تجيباني على سؤالي سوف أخبركما بالحقيقة كاملة.

ألفين:

حسنا..

جَني:

موافقة..

المحامي:

هذا السؤال هو موجه لكما أنتما الإثنان

هل أنتما تحبان بعضكما؟

قال ألفين وجَني في نفس الوقت:

لا .. لا ..

المحامي:

لماذا لا تقولان الحقيقة؟

(طأطأ ألفين رأسه) وراحت جنى تجول بنظرها بعيدا،
لكي تتفادى الإحراج.

قال المحامي:

أنتما إذن لا تريدان الاعتراف، هل اعتبر هذا مكابرة
أم أنكما تستحيان مني.

ولكن لا عليكما ففي كل الأحوال، أنا أريد أن أخبركما
بما لدي.

نظر إليهما.. (وضحك..) وقال:

في جعبتي الكثير..

وسوف ينال إعجابكما بكل تأكيد

وأعطاهما كتابان كتاب لكل منهما، وأكمل كلامه وقال:

خذا كتابا لكل منكما..

وأطلب منكما أن يفتح كل منكما على الصفحة الأخيرة من الكتاب، الذي في يده وليقرأ لنا ما كتب فيها، ولكن كل له دوره، وليلتزم كل بدوره.

أمسك ألفين كتاب بعنوان:

حياة أعزب "عازب مناسب عن الزواج عازف"

كتاب جميل بغلاف أخضر وفيروزي لون البحر

وأمسكت جنى كتاب بعنوان:

الحب والكنز "حلم اقرب إلى الحقيقة "

كتاب رائع بغلاف لونه وردي، وبعض الورود البيضاء والحمراء، ووردة تشع بالأصفر كأنها شمس أو ذهب

فطلب منهما أن يفتحا على الصفحة الأخيرة مرة ثانية ، ثم نظر إلى جنى وقال لها:

السيدات أولا فاقرئي لنا ما كتب هناك..

بدون أن تفهم جَني ما يحدث ومن دون أي نقاش، قرأت ما يلي:

أنا كاتب هذا الكتاب أقر بكل جوارحي، بأنه في رحلتي للبحث عن الكنز قد وجدت الحب.

الحب هو الكنز الحقيقي في هذه الحياة.

فالمال قد ينتهي، ولكن الحب لا ينتهي

الحب الصادق تجده صدفه وليس بوصفة سحرية ولا تجده وفق خريطة للكنز، بل أنت تجده أمامك بينما إنك لم تكن تبحث أو لم تكن تمعن النظر.

لقد وجدت الحب في رفيقتي للسكن أو بالأحرى في جارتي التي هي ممرضة.

ورغم أنها ممرضة وتشعر بآلام الآخرين، إلا أنّها لم تشعر بألم قلبي وهي تحاول المغادرة.

هل أخبرها أم انتظر أن تجد هي أيضا الحب.

لست أدري..

أنا أحب ممرضة ظنت أنها شرطية أو صحفية أو حتى كاتبة قصص، لأنها تمتلك أسلوبا رائعا في حكاية القصص ولكنها في الحقيقة ممرضة لا تشعر بألم قلبي.

كيف يعقل أن تكون ممرضة؟

ولكن.. رغم ذلك أنا أحبها.

أحبك يا "ج" الممرضة التي تسكن بالطابق العلوي
لبيتي

أتمنى.. أن لا تغادري..

لا تغادري البيت..

لا تغدري حياتي..

لا تغادري قلبي..

المؤلف ألفين ....

قلبان وحب

صدمت جَني عندما أكملت القراءة، وقرأت اسم المؤلف ألفين، ورأت بأن الكتاب قد نشر بتاريخ يوم أمس.

وعندما قلبت الصفحة وجدت صورة ألفين، والدموع تنهمر من عينيها.

لم تكن تفهم ما يجري، ولكنها كانت سعيدة باعتراف الحب الذي وجهه لها دون توجيه.

لم يكن الأمر يسير بشكل مباشر وربما لم تكن نية ألفين ان يصارحها بشكل مباشر ولكنها قد اكتشفت الحقيقة بطريقة أو بأخرى.

لقد كانت سعيدة جدا بما يحدث معها، المفاجأة كانت سعيدة.

اعتراف الحب

لم يترك لهم المحامي مجالا للنقاش أو الحوار أو حتى لإبداء رد فعلهما، وطلب من ألفين أن يقرأ تلك الصفحة الأخيرة من الكتاب الذي بين يده.

فقرا ما يلي وهو لا يستطيع أن يكبح مشاعره، لأنه رأى بأن جَني تفاعلت كثيرا مع ما قرأته، وشعر وكأنها وافقت على ما كتبه.

أراد أن يسرع إليها وهما لا تفصلهما إلا طاولة صغيرة.

أراد أن يحضنها ويقبلها ويخبرها كم هو يحبها.

ولكن المحامي كان جافا وقاسي القلب، وطلب منه بشدة أن يقرا ما بين يده.

قرأ ألفين بصوت متقطع وقال:

رغم أنني كنت أبحث عن أعزب من أجل الكتاب إلا أنني وجدت أعزب من أجل قلبي

إنه أجمل وألطف رجل وقابلته في حياتي

رجل يهتم بالكنوز، ويبحث عنها، ولا يعلم بأنه كنز قلبي

لقد تعلقت به، وهو لا يعمل بأنني أؤلف كتابا عنه

لا يعلم بأنني مؤلفة أصلا

لقد أخبرته بأنني ممرضة، ولكنني لم أكذب فانا ممرضة بالفعل، ولكنه مجرد عمل تطوعي ولا اكتسب منه مالا.

أنا سعيدة بهذا المشروع، كتابة كتاب عن عازب

جعلني هذا الكتاب أجد رجلا مميزا، لم أكن أتصور أنه موجود.

كنت أظن في البداية بأنه فظّ غليظ، ولكنني الآن أرى بأنّه رقيق ومرهف الإحساس، ولكنه رغم ذلك لازال بدون شعور.

كيف أصفه بأنه مرهف وهو لا يشعر بحبي له.

أظن انه أجمل رجل عديم الإحساس قابلته وأنا ممتنة، لأنني التقيت به رغم انه لم يشعر بهذا الحب الذي كنه له.

أظن أنه سوف يبقى أعزبا لمدة أطول لأنني لا امتلك الجرأة لكي أخبره بأنني أحبه.

نعم.. أنا أحبك يا ألفين

آسفة.. لأنني ذكرت اسمك في نهاية كتابي

ولكن..

أنت تعلم كم أنني مليئة بالمفاجآت

أنا أحبك يا ألفين الباحث عن الكنوز إلا الذي يزعجني
بوجود كلب في الطابق السفلي، رغم أنك تعلم بأنه لدي
فوبيا من الكلاب.

ولكن.. ليس الكلب هو ما يزعجني، بل أنت كيف لا
تشعر بأنني أحبك.

رغم كل شيء

أظن أنه الوداع

وداعا..

سوف أحبك دائما

المؤلفة جَني ....

لقد استغرب ألفين مما قرأه فقلب الكتاب ليجد صورة جَني على الغلاف من الخلف، ومكتوب اسمها بالكامل وأنها مؤلفة.

كما أن تاريخ أصدرا الكتاب كان يوم أمس

لم ينشغل بتلك التفاصيل، بل ما شغله هو أن جَني تحبه فنظر إليها وقال لها:

أحقا..؟

وهو يستغرب

فقالت:

أجل..

قاطعهما المحامي الذي كان لازال لديه ما يقوله وقال:

اسمحا لي بأن أنهي مهمتي التي أنا هنا من أجلها

ألفين:

سامحني أيها المحامي، ولكن لدي ما أقوله لجَني

المحامي:

لا..

انتظر لكي أخبرك بما لدي أنا أولا، ثم يمكنكما أن تفعلا ما شئتما

ألفين:

حسنا..

المحامي:

اسمعني.. يا ألفين.. لقد وجدت الكنز فعلا

ما قصده قريبك بالكنز الثاني هو الحب

ألفين:

ولكن كيف عرف بأنني سوف أقع في الحب؟

المحامي:

لقد كان يعرفكما أكثر مما تعرفان نفسيكما

ألفين:

ماذا تقصد؟

المحامي:

بما أنك وجدت الكنز وأيضا لأنك أصبحت تحب جَني

فهذا البيت لكما أنتما الاثنان، وأيضا المخبزة

والمستشفى إن السيدة سيدريك يمتلك كل هذه البلدة تقريبا.

ألفين:

هل تعني ما تقوله؟

المحامي:

ليس فقط هذا..

كل الأموال التي أنت لا تعرف عنها شيئا هي في هذا الملف، ولكنها بالمناصفة بينكما إن أردتما الزواج

أنتما متحابان أليس كذلك؟

ألفين:

نعم..

وبعد ذلك..، (نظر إلى جَني) وسألها وقال بكل جدية:

هل تحبينني يا جَني؟

جَنِي:

نعم..

ألفين:

هل ترغبين بالزواج بي؟

جنى:

نعم..

ولكن.. من هو السيد سيدريك؟

المحامي:

إنه قريب ألفين

وهو صاحب دار النشر أيضا

وهو أيضا...

جنى:

وهو ماذا؟

المحامي:

إنه والدك البيولوجي

وقد كان يتابعك من بعيد، وقد كان خائفا من التعرف عليك لكنه كان يحبك، وهو الذي كان يقرأ كتاباتك أنت وألفين وينشرها.

تأثرت جَني كثيرا، ولم تجد كلاما تقوله

لكن المحامي أضاف أمرا آخر وقال:

بقي طلب واحد من السيد سيدريك يطلبه منكما

ألفين وجَني:

ما هو؟

المحامي:

يريدكما السيد سيدريك أن تتشاركا في كتابة كتاب
بعنوان "مؤلفان في الحب"

كتابا عن قصة حبكما وسوف تقوم دار النشر بنشرها
فور إنهائكما لها.

يجب أن يكتب كل منكما عن مشاعره، وعن كيف
التقيتما وكيف وقعتما في الحب حتى وصولكما إلى
هذه اللحظة.

أنا أيضا متشوق لكي اسمع تلك التفاصيل، وأظن أنها
سوف تنال إعجاب الجمهور، أظن بأنه سوف يكون
كتابا رائعا، وكتاب صادق لأنه عن نفسيكما وهذا أمر
لم تقوما به من قبل.

سوف يعجب جمهوركما به كثيرا أنا أظن ذلك

ألفين:

ما رأيك يا جَني؟

هل توافقين؟

جنى:

نعم..

ألفين:

وأنا أيضا متشوق إلى ذلك الكتاب

بعد ذلك الحوار الذي دار بينهم قام المحامي بإضافة أمر آخر، وأعطاهما شيئا وقال:

خذا أولا هذه الكنيسة التي سوف يقام فيها الزفاف

وثانيا هذه تذاكر السفر لأجل شهر العسل

إنها جولة حول العالم وفي آخر الجولة سوف تزوران مدينة روما

لدى السيد سيدريك كوخ هناك على البحر، ولديكما مهلة شهر، لكي تكتبا الرواية

إنه شهر بعد شهر العسل

تشاركا وتعاونا وأرسلا لي النسخة سريعا

السيد سيدريك متشوق لقراءتها

وأنا أيضا..

ألفين:

السيد سيدريك متشوق؟

جنى:

هل تقصد.. ؟

المحامي:

لا .. لا

لست اقصد ذلك، بل لقد كان حلمه أن تتزوجا وتكتبا تلك الرواية أظن أن روحه تنتظرها أيضا

أنا أكثر شخص كنت احتك به إنه يعشق أسلوبكما في الكتابة، ولطالما كان يرى بأنكما تناسبان بعضكما البعض

فقط القدر لم يجمعكما سابقا لذا هو فعل ذلك.

فرح المؤلفان بحبهما وأيضا بكل تلك المفاجآت التي كانت في انتظارهما، فحني لم تتوقع أن تجد فارس أحلامها وهي في رحلة للكتابة.

أمما بالنسبة لألفين لم يكن يتوقع أبدا أن يجد الحب في رحلته للبحث عن الكنز، رغم أنه لم يكن صيادا للكنوز ولكن القدر وضع في طريه الكثير من الكنوز وأيضا كنز الحب، الحب الصادق، الحب الطاهر.

لقد وجد الحب أخيرا، وأيضا وجد الكنز الثالث بل وجد كل الكنوز.

كما انه قد كان سعيدا جدا لأنه لم يتوقع يوما بأنه سوف يتزوج مؤلفة، وليس فقط مؤلفة، بل مؤلفة وقع في حبها، لقد أحبها كثيرا ولم يكن يريد لعلاقتهما أن تنتهي بالفراق، كما أن الطريقة التي عرف بها بأنها تحبه كانت أمرا خلاقا ورائعا، فقد كان في البداية يخاف من مصارحتها فربما خسرها إلى الأبد.

كما أنه قد اكتشف بأنها تحبه هي الأخرى وأيضا بقوة، لقد كان الحب متبادلا والمشاعر جياشة.

أما بالنسبة لجَني لقد عاشت كل حياتها يتيمة لأن والداها قد ماتا وهي صغيرة، ولم تكن تعلم بأن والدها البيولوجي على قيد الحياة.

ولكنها بعد أن اكتشفت بأنه قد مات، واكتشفت بأنه كان موجود وأنه كان يفكر بها وقد ترك لها الكثير، لقد كان كثير العطاء لقد ترك لها كنزا هي أيضا فلولاه لما تعرفت على ألفين ولما وقعت في حبه.

ربما لو كانت قد التقت به في مكان آخر وبطريقة أخرى بما لم تكن لتقع في حبه.

كما هو الحب عجيب، القدر أيضا عجيب ووالدها الذي فكر فيها حتى بعد وفاته شخص عجيب.

لقد كانت تفكر في انه قد كان رجلا رائعا ووالدا رائعا، ولكن للأسف هي لم تحظ بفرصة للقائه أو حتى للتعرف عليه من قريب ولكنها شعرت بالحب تجاهه.

كما أنها قد كانت في غاية السعادة، لأنها قد حققت له حلمه، رغم أنها لم تكن تعلم بأنه يريدها أن تتعرف على ألفين أو تحبه أو تتزوج به

ولكن زواجهما قد كان حلمه وهما سعيدان لأنهما قد حققا للرجل الذي أحسن إليهما آخر حلم كان لديه.

الحب قدر والقدر قد جمعها ووالدها، قد لعب لعبة القدر وساعد القدر على توحيد ألفين وجنى.

Sommaire